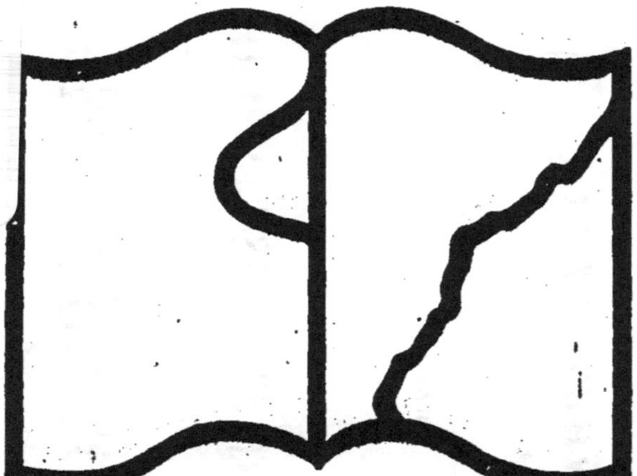

Texte détérioré — reliure défectueuse

NF Z 43-120-11

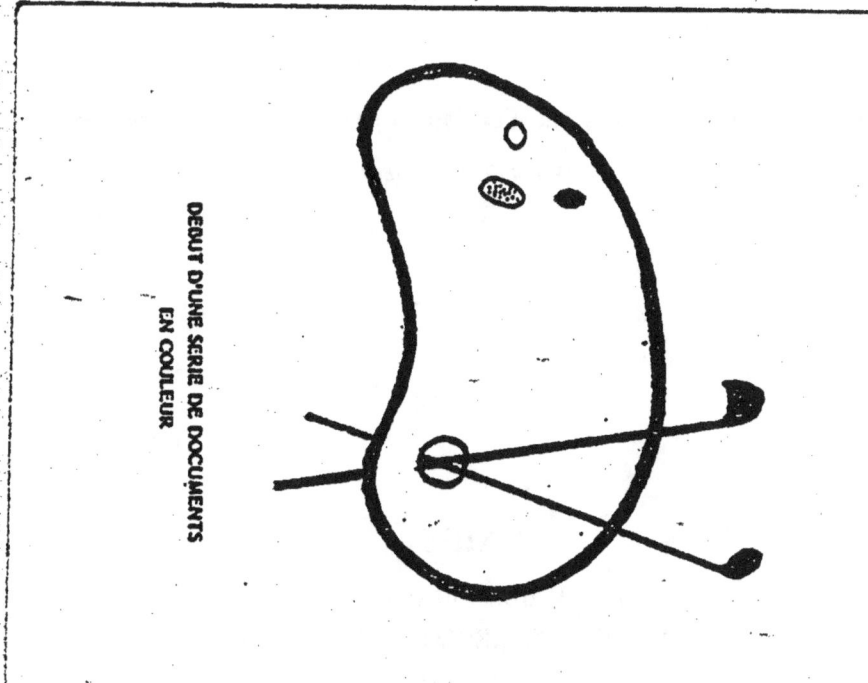

DEBUT D'UNE SERIE DE DOCUMENTS
EN COULEUR

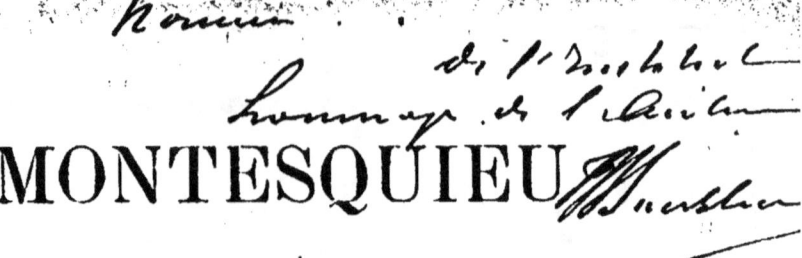

MONTESQUIEU

LES " LETTRES PERSANES " ET LES ARCHIVES DE LA BRÈDE

PAR

H. BARCKHAUSEN

Professeur à la Faculté de droit de l'Université de Bordeaux,
Correspondant de l'Institut.

Extrait de la Revue du Droit public et de la Science politique en France et à l'Etranger

N° 4. *Juillet-Août 1898*

PARIS

LIBRAIRIE MARESCQ AÎNÉ

A. CHEVALIER-MARESCQ et Cie, ÉDITEURS

20, RUE SOUFFLOT

1898

LA REVUE
du Droit public et de la Science politique
EN FRANCE ET A L'ÉTRANGER

Paraît tous les deux mois par fascicules grand in-8° de 192 pages

---

ELLE COMPREND DANS CHAQUE NUMÉRO :

1° des **articles de fond** sur les questions d'organisation constitutionnelle et politique, de science financière, de législation sociale, de droit international, de droit administratif, de législation coloniale, d'organisation judiciaire, etc.

2° des **chroniques** politiques, constitutionnelles, économiques, financières, internationales, coloniales, pénitentiaires, etc., pour la France et l'Étranger.

3° des **comptes rendus** critiques de tous les ouvrages touchant au droit public et à la science politique.

4° des **analyses** détaillées des articles les plus importants parus dans les Revues françaises et étrangères.

5° des **variétés** (notes, observations, documents, faits, rentrant dans son programme).

6° l'indication dans un ordre méthodique et l'analyse des **lois, décrets, arrêtés, circulaires, rapports** et documents officiels de toute nature.

7° l'indication des **travaux parlementaires.**

8° la **bibliographie** raisonnée de toutes les publications touchant au droit public et à la science politique.

S'ADRESSER POUR LA RÉDACTION ET L'ADMINISTRATION

20, Rue Soufflot, PARIS

ABONNEMENT ANNUEL :

France.................... **20 fr.** | Union postale......... **22 fr. 50**
La Livraison................................ **4 fr.**

AVIS A MM. LES COLLABORATEURS

Les demandes de tirages à part et d'extraits doivent être envoyées à l'éditeur avec le bon à tirer.

PRIX DES TIRAGES A PART

8 PAGES AVEC COUVERTURE	16 PAGES AVEC COUVERTURE
100 exemplaires........... **20 fr.**	100 exemplaires........... **25 fr.**
Par 50 en plus............. **5 fr.**	Par 50, en plus............. **6 fr.**

SIMPLES EXTRAITS

Feuilles de 16 pages sur le tirage sans pagination spéciale et avec la couverture de la Revue........ . **6 fr.** le 100

Laval. — Imprimerie parisienne L. BARNÉOUD & Cⁱᵉ.

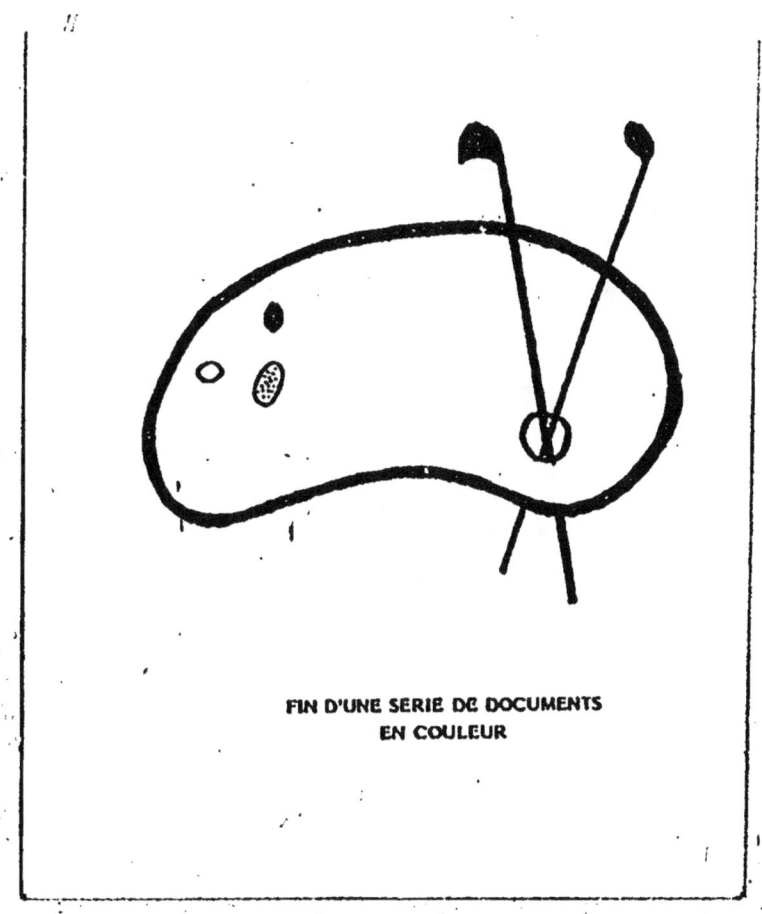

FIN D'UNE SERIE DE DOCUMENTS
EN COULEUR

MONTESQUIEU

LES " LETTRES PERSANES " ET LES ARCHIVES DE LA BRÈDE

MONTESQUIEU

LES " LETTRES PERSANES " ET LES ARCHIVES DE LA BRÈDE

PAR

H. BARCKHAUSEN

Professeur à la Faculté de droit de l'Université de Bordeaux,
Correspondant de l'Institut.

Extrait de la Revue du Droit public et de la Science politique en France et à l'Etranger

N° 4. Juillet-Août 1898

PARIS

LIBRAIRIE MARESCQ AINÉ

A. CHEVALIER-MARESCQ et Cie, ÉDITEURS

20, RUE SOUFFLOT

1898

MONTESQUIEU

LES « LETTRES PERSANES » ET LES ARCHIVES DE LA BRÈDE [1]

On sait que, le 18 janvier 1889, c'est-à-dire deux cents ans, jour pour jour, après la naissance de Montesquieu, les descendants de ce grand homme ont résolu de publier ses œuvres encore inédites. L'entreprise se poursuit : témoin les *Mélanges* et les *Voyages* qui ont paru déjà [2]. Mais, dès que fut décrétée l'Exposition de 1900, M. Doniol, alors directeur de l'Imprimerie nationale, songeant aux volumes qu'aurait à y produire cet établissement, se souvint que les archives de La Brède venaient de s'ouvrir. Il se demanda si, parmi les manuscrits qu'on y conservait pieusement, quelques-uns ne seraient point relatifs aux ouvrages les plus admirés de l'auteur. Imprimer une édition des chefs-d'œuvre littéraires de Montesquieu, en utilisant des documents nouveaux, lui semblait présenter un intérêt double : l'un actuel, et l'autre permanent.

Seulement, il fallait s'assurer le consentement et le concours indispensables de M. le baron de Montesquieu et de ses frères. Les démarches dont nous fûmes chargé auprès d'eux aboutirent sans difficulté aucune. Avec une bonne grâce exquise, il nous fut répondu que ce que nous cherchions se trouvait aux archives de La Brède, et que nous pouvions en disposer.

C'est alors que, sur la proposition de M. Doniol, M. le Garde

---

(1) Nous publions sous ce titre l'*Avant-Propos* de l'édition des *Lettres persanes* que l'Imprimerie nationale a préparée pour la prochaine Exposition, et qui ne doit paraître qu'en 1900.

(2) C'est sous les auspices de la Société des Bibliophiles de Guyenne qu'ont paru à Bordeaux, chez G. Gounouilhou, en 1892, les *Mélanges inédits de Montesquieu*, publiés par M. le baron de Montesquieu (1 volume in-4°), et, en 1894-1896, les *Voyages de Montesquieu*, publiés par M. le baron Albert de Montesquieu (2 volumes in-4°). — Les *Pensées* sont sous presse.

des Sceaux nous fit l'honneur, que nous ne saurions trop reconnaître, de nous confier le soin d'éditer à l'Imprimerie nationale les *Lettres persanes* et les *Considérations sur les Causes de la Grandeur des Romains et de leur Décadence.*

I

Le présent volume est consacré aux *Lettres persanes*, le plus populaire des ouvrages de l'ancien président au Parlement de Bordeaux.

Nous ne ferons pas ici l'éloge, encore moins la critique de ce livre si original, où toute une époque se reflète, avec ses qualités et ses défauts. On peut dire qu'il est comme l'ouverture de la littérature française du xviiie siècle. Les compositeurs de musique mettent en tête de leurs opéras un morceau où ils rassemblent les motifs qu'ils comptent développer à la suite. Dans le premier chef-d'œuvre de Montesquieu, bien des passages annoncent en quelque sorte par leur accent les écrits futurs des plus illustres contemporains de l'auteur. On s'étonne peu d'y trouver la verve ironique de Voltaire, qui, par parenthèse, s'est inspiré plus d'une fois des *Persanes,* dans *Zadig* surtout. Mais on est plus surpris, en lisant les *Lettres 67, 105* et *126,* par exemple, d'y rencontrer la note sentimentale et même la note paradoxale familières à Jean-Jacques Rousseau. Cette ressemblance a quelque chose d'imprévu, parce qu'on méconnaît trop souvent la variété, sinon l'étendue du génie auquel nous devons l'*Esprit des Lois.* Doué d'une pénétration admirable, qu'un peu de sécheresse accompagne en général, il savait pourtant s'attendrir en se contenant, et, tout en donnant aux problèmes des solutions tempérées et pratiques, il discernait clairement les raisons spécieuses que pouvait lui opposer une logique extrême et aveugle.

Frivoles, en apparence, et, en réalité, si profondes, les *Lettres persanes* répondaient trop bien aux sentiments de la génération qui les vit paraître en 1721, pour n'avoir pas un succès tout à fait exceptionnel. Et d'abord, on en fit, en un an, dix à douze éditions ou tirages. Puis, quinze à vingt autres se suivirent de plus ou moins près, jusqu'à la mort de Montesquieu (1).

(1. Les bibliographes en signalent dix-neuf, dont une de 1729, trois de 1730,

Mais jamais celui-ci ne reconnut officiellement son œuvre. Tant qu'il vécut, elle resta anonyme. Il assure même quelque part (1) s'être désintéressé (jusqu'en 1754) de toutes les éditions qui vinrent après la première. C'est ce que nous admettrons sans peine pour le plus grand nombre d'entre elles. Il dut, en particulier, n'être pour rien dans cette combinaison d'un imprimeur ingénieux qui, pour donner au livre un ragoût nouveau, y joignit les *Lettres turques* de ce pauvre Saint-Foix !

L'espèce de mystère dont fut entourée trop longtemps la publication des *Lettres persanes* n'en a pas moins eu une fâcheuse conséquence : c'est que, de tous les chefs-d'œuvre de la littérature française du xviii° siècle, il n'en est guère dont l'histoire soit plus obscure et soulève plus de questions, dont quelques-unes pourraient bien rester insolubles.

II

Nous allons énumérer les controverses auxquelles les *Lettres persanes* donnent lieu.

La première est relative à l'édition princeps. Tout le monde s'accorde pour admettre qu'elle fut publiée en 1721. Seulement (nous l'avons dit) on trouve dix à douze éditions ou tirages divers qui ont cette date. Les frontispices des uns portent l'indication : « A Cologne, chez Pierre Marteau », tandis qu'aux autres on lit : « A Amsterdam, chez Pierre Brunel, sur le Dam ». Or les amis de l'auteur nous apprennent qu'il fit imprimer d'abord son œuvre en Hollande (2). C'est donc parmi les éditions de Brunel qu'on semblerait avoir à choisir. Les bibliographes les plus compétents n'en ont pas moins fini par conclure en faveur d'une édition de Marteau que distinguent

deux de 1731, une de 1737, une de 1739, une de 1740, deux de 1744, une de 1748, une de 1750, une de 1752, une de 1753, deux de 1754, et deux de 1755. — Voir *Montesquieu, Bibliographie de ses Œuvres*, par Louis Dangeau [*lisez* M. Louis Vian] (Paris, P. Rouquette, 1874), pages 3 et 4 ; et *Lettres persanes*, par Montesquieu, éditées par M. André Lefèvre (Paris, A. Lemerre, 1873), tome II, pages 212 et 213.

(1) Archives de La Brède, *Pensées* (manuscrites), tome III, folio 322 verso.

(2) C'est l'abbé de Guasco qui nous l'apprend dans une note qu'il a mise à une lettre de Montesquieu au père Cerati. — Voir le tome VII, page 230, note 2, des *Œuvres complètes de Montesquieu*, éditées par M. Édouard Laboulaye, à Paris, chez Garnier frères, 1875-1879. — C'est à l'édition de M. Laboulaye, la plus complète de toutes celles qui ont paru jusqu'ici, que se rapportent les renvois de notre *Avant-Propos*.

les fleurons suivants : un ornement en forme de monogramme, au tome I, et, au tome II, deux enfants assis sur un chérubin. Leur argument principal est la présence de cinq à six cartons, dont le texte a été reproduit dans toutes les autres éditions, jusqu'en 1754. Est-ce là une raison péremptoire, qui nous autorise à ne voir dans le nom de *Pierre Marteau* qu'un pseudonyme, pour dépister la police ?

D'un autre ordre est la discussion dont l'objet est aussi une édition datée de 1721 ; mais celle-ci ne saurait être la première, car elle se donne elle-même pour une « seconde édition, revue, corrigée, diminuée et augmentée par l'Auteur ». Elle aussi est en deux volumes et porte la mention : « A Cologne, chez Pierre Marteau ». Seulement les titres des deux volumes sont ornés d'un même fleuron, qui n'est autre que celui du tome I de l'édition princeps, ou supposée telle. A cette différence s'en ajoutent d'autres, et plus graves. Au lieu de compter cent cinquante lettres, la « seconde édition » n'en a que cent quarante. Bien plus, de ces cent quarante, il n'en est que cent trente-sept qu'elle ait en commun avec l'édition princeps, attendu qu'elle en a trois de nouvelles. Enfin, les cent trente-sept lettres communes y ont des variantes et n'y sont pas rangées dans un ordre identique. Pour expliquer tous ces changements, un biographe de l'auteur, M. Louis Vian, a supposé que cette réimpression (soi-disant *assagie*) des *Lettres persanes* aurait été faite par Montesquieu, candidat à l'Académie française en 1727, dans l'espoir de désarmer l'opposition qui lui était faite par le cardinal de Fleury (1). Il s'ensuivrait que la date de 1721 serait fausse. C'est là, d'ailleurs, la moindre objection que suggère une hypothèse que nous examinerons tout à l'heure à loisir.

Maintenant, nous avons à dire un mot des éditions aux frontispices desquelles on lit : « A Amsterdam, chez Pierre Brunel, sur le Dam, 1721 ». Si l'on en croit certains bibliographes, la plupart d'entre elles auraient été imprimées à Rouen et dans un ordre qu'on pourrait déterminer d'après le nombre décroissant des fautes qu'elles renferment (2). Cette classification

---

(1) *Montesquieu, sa Réception à l'Académie française, et la deuxième Édition des « Lettres persanes »* [par Louis Vian], Paris, Didier et Cⁱᵉ [1869].

(2) *Bibliothèque de feu Rochebilière*, 1ʳᵉ *Partie, Éditions originales* (Paris, A. Claudin, 1892), p. 109.

nous semble peu sûre : car, en général, de réimpression en réimpression, les erreurs se multiplient. En tout cas, il est fort probable que les typographes français ont copié une édition hollandaise sans en modifier le titre plus que le texte. Pseudonyme pour pseudonyme, *Pierre Marteau* valait bien *Pierre Brunel*. S'ils ont mis *Pierre Brunel*, c'est qu'ils avaient sous les yeux des exemplaires d'Amsterdam avec ce nom. Serait-il possible de discerner l'édition qui leur a servi de modèle, et qui, par suite, serait la plus ancienne de la série, alors même qu'elle serait la plus correcte ?

Des éditions primitives, nous allons passer brusquement à celle qui parut en 1754 avec un *Supplément* de 28 pages, contenant onze lettres et quatre fragments de lettres précédés de *Quelques Réflexions sur les « Lettres persanes »*. On a dit que ce *Supplément* fut publié d'abord en 1744 (1). Devons-nous l'admettre ? C'est au moins douteux pour des raisons qu'on verra plus loin. Nous rechercherons en même temps si les *Quelques Réflexions* sont de Montesquieu, ou s'il faut les retrancher de ses œuvres, à l'exemple de certains éditeurs (2).

Il nous reste à signaler un dernier problème qui a trait à l'édition des *Œuvres de Monsieur de Montesquieu* dont le frontispice porte : « A Amsterdam et à Leipsick, chez Arkstée et Merkus, 1758 (3) ». Les *Lettres persanes* y sont imprimées au commencement du tome III, mais avec des centaines de variantes dont rien n'indique l'origine. A peine une note de la page 299 nous apprend-elle que « l'auteur... avait confié de son vivant aux libraires » un manuscrit où il avait « jugé à propos de faire des retranchements ». Mais tous les changements introduits dans le texte ne sont point des retranchements, bien s'en faut. Aussi a-t-on vu des éditeurs modernes rejeter en bloc toutes ces corrections pour s'en tenir à l'édition de 1754 avec *Supplément* (4). Ont-ils eu raison ou tort d'en agir ainsi ? C'est là le plus important de tous les problèmes que nous venons d'indiquer : car, selon la solution qu'on lui donnera, on

(1) *Montesquieu, Bibliographie de ses Œuvres*, par Louis Dangeau, page 3.
(2) *Œuvres de Montesquieu*, à Paris, chez A. Belin, 1817 (2 volumes in-8°). — On y chercherait vainement les *Réflexions*, avant ou après les *Lettres persanes*.
(3) Cette édition est en 3 volumes in-4°.
(4) Voir les *Lettres persanes*, par Montesquieu, éditées par M. André Lefèvre, et spécialement l'observation qui se trouve à la page 213 du tome II.

devra regarder comme définitif tel texte des *Lettres persanes* ou tel autre.

On voit que les littérateurs ne sont pas moins intéressés que les bibliographes et les bibliophiles aux recherches que nous allons entreprendre dans les manuscrits de La Brède pour trouver réponse aux cinq ou six questions précédentes.

<h2 style="text-align:center">III</h2>

Parmi les papiers de Montesquieu dont nous avons eu communication, il en est un certain nombre qui forment ce qu'on peut appeler le *Dossier des « Lettres persanes »*, dossier qui contient trois cahiers et six feuilles volantes.

Sur les feuilles volantes, dont trois sont doubles et trois simples, on lit des *Lettres* ou fragments de *Lettres persanes* inédites, plus quelques notes sur certains passages des *Lettres* connues.

Quant aux trois cahiers, ils ont tous rapport à une édition du livre que l'auteur préparait vers la fin de sa vie, pour donner une forme définitive, achevée, à son œuvre.

Le premier, qui a 25 centimètres de haut sur 18 de large, n'a pas moins de 120 pages, dont une vingtaine est restée en blanc. Il a pour titre : « *Corrections des « Lettres persanes »*, sur la première édition, imprimée à Cologne, chez Pierre Marteau, en 1721, en 2 volumes in-12.... — Nouvelle copie ». Au bas de ce titre, on lit une note ainsi conçue : « Cette copie n'est plus la dernière : j'ai fait depuis des corrections qui ont été mises dans la copie faite en grand papier, et je pourrai rectifier celle-ci par celle-là en cas de besoin ».

Les corrections du tome I remplissent les pages 3 à 38, tandis que celles du tome II vont de là page 39 à la page 95. Au bas de cette dernière est l'indication suivante : « *Fin des Corrections des « Lettres persanes »*, 1754 ». Mais, à la suite (pages 97 à 102) se trouvent les *Quelques Réflexions sur les « Lettres persanes »*, qui sont devenues, depuis 1758, comme l'introduction de l'ouvrage.

Nous n'avons pas découvert dans ce premier cahier, très soigneusement transcrit par un secrétaire de Montesquieu, un seul mot qui fût de la main du Maître.

Plus grand est le cahier auquel nous donnerons le n° 2, celui qui est visé dans la note dont nous avons cité à l'instant le texte. Il n'a pas moins de 37 centimètres de haut et de 24 de large. En revanche, il ne compte que 116 pages, sur lesquelles il en est 22 où il n'y a rien d'écrit.

Le titre ne porte que : « *Corrections des « Lettres persanes »*. — Dernière copie ».

Comme dans l'autre cahier, les corrections du tome II suivent naturellement celles du tome I et sont suivies à leur tour des *Réflexions*.

Seulement ici les ratures et les surcharges abondent. En outre, l'écriture varie, et l'on peut en quelques endroits reconnaître la main de Montesquieu lui-même. Bien mieux, à une feuille simple intercalée entre les pages cotées 40 et 41 est fixée par une épingle une feuille double sur laquelle est l'original autographe de la soixante-dix-septième *Lettre persane*. Cette lettre manque dans le cahier n° 1, où l'on en trouve pourtant le contenu, mais sous forme d'alinéa final à ajouter à une lettre des éditions primitives. Cette différence est la plus curieuse qu'il y ait entre les deux manuscrits.

Pour le troisième cahier, qui n'a que 48 pages, de 20 centimètres et demi de haut sur 16 de large, c'est une simple mise au net des dix lettres et des *Réflexions* que le grand cahier (n° 2) donne comme devant être insérées dans les éditions futures des *Lettres persanes* ; il n'y a donc pas lieu de s'y arrêter.

Mais, en dehors du dossier spécial que nous venons de décrire, il existe à La Brède d'autres sources de renseignements qui présentent un intérêt majeur pour l'étude que nous poursuivons.

On y conserve, en effet, trois volumes qu'on peut désigner sous le nom de *Pensées de Montesquieu*, bien qu'ils renferment aussi de simples notes et même des extraits de nature très diverse. Dans ces recueils, il y a des observations où les *Lettres persanes* sont mentionnées incidemment. Il s'y trouve encore des lignes, des pages et même des séries de pages qui ont un rapport direct avec la même œuvre.

Au tome II, par exemple, sont transcrits, d'abord, l'épigraphe que l'auteur avait choisie pour elle, et plus loin 18 pages

de texte, en tête desquelles on lit ce titre : « *Fragments de
vieux matériaux des « Lettres persanes »*. — J'ai jeté les autres, ou mis ailleurs. »

Ce n'est pas tout : si nous feuilletons le tome III des *Pensées*, nous y découvrons trois rédactions successives de l'apologie que Montesquieu crut devoir écrire à la défense de son
premier livre.

Tels sont les documents inédits qui nous permettront sans
doute de résoudre au moins quelques-unes des difficultés dont
nous avons exposé l'objet tout à l'heure.

IV

La question de l'édition princeps n'en est plus une pour
nous.

Montesquieu lui-même nous apprend que son livre a paru,
d'abord, en 1721 et en 2 volumes in-12, avec la marque : « A
Cologne, chez Pierre Marteau ». Or, parmi les éditions qui
remplissent les conditions indiquées, il en est une et rien
qu'une dont la pagination corresponde exactement aux renvois des deux cahiers de *Corrections* où sont consignés les
changements que l'auteur voulait introduire dans l'édition
princeps. C'est, du reste, celle que les bibliographes ont
fini par adopter comme la première pour une raison typogra-
phique : la présence de cartons, au nombre de six ou de sept.
Donc nous regardons comme établi que l'édition princeps
est bien celle qu'ornent les fleurons signalés plus haut, soit
un ornement en forme de monogramme et deux enfants assis
sur un chérubin. Ajoutons que le tome I compte 311, et le
tome II, 347 pages cotées.

La mention : « A Cologne, etc. » est d'ailleurs fictive et dissi-
mule sûrement quelque atelier de Hollande. C'est par centaines que des livres plus ou moins téméraires furent publiés,
au xviiᵉ siècle et au xviiiᵉ, sous le nom du soi-disant Pierre
Marteau (1). On ajoutait même quelquefois : « Imprimeur-
libraire près le Collège des Jésuites », sans doute pour rassu-
rer les lecteurs candides.

(1) *Imprimeurs imaginaires et libraires supposés*, par Gustave Brunet (Paris,
Tross, 1866), pages 112 à 144.

Nous serions heureux d'obtenir des résultats aussi précis pour la fameuse « seconde édition ». Malheureusement nous ne sommes arrivés, par rapport à elle, qu'à nous convaincre absolument d'une chose : c'est qu'elle n'a point contribué à faire de Montesquieu un membre de l'Académie française.

Parmi les lettres qui y manquent, il y en a qui n'ont pu être supprimées que pour des raisons littéraires : car le fond en est reproduit ailleurs (1). D'autres sont d'une innocence telle qu'elles n'ont jamais dû choquer personne (2). Enfin, la plupart n'ont trait qu'à des incidents de sérail, auxquels on peut s'intéresser plus ou moins sans doute (3). Mais à qui fera-t-on croire que le cardinal de Fleury se fût ému, par exemple, des angoisses de cet esclave qui défend son intégrité contre le chef des eunuques noirs d'Usbek ? Au xviii° siècle, les *soprani* chantaient à Rome en public.

En revanche, dans une édition faite à l'usage d'un prince de l'Eglise, aurait-t-on laissé la proposition scandaleuse que voici : « Le Pape est... une vieille idole qu'on encense par habitude » ; ou encore : « Dans l'état présent où est l'Europe, il n'est pas possible que la religion catholique y subsiste cinq cents ans » (4) ? Voilà des passages qu'il eût fallu ôter, arracher du livre, et non les histoires orientales de Pharan, de Zachi ou de Suphis !

Et si maintenant l'on examine les lettres ajoutées dans cette édition « diminuée et augmentée par l'Auteur », qu'y remarque-t-on de suite ? C'est qu'une des trois, sur les libéralités des princes envers leurs courtisans, est d'une violence tout exceptionnelle. Fleury n'était pas avide, il est vrai. Mais jamais haut fonctionnaire, sous l'Ancien Régime, n'eût admis qu'on parlât ainsi du Pouvoir. L'addition de la *Lettre* 124, pour le moins inutile, était donc imprudente et plus qu'imprudente, si l'on s'était proposé de séduire le premier ministre de Louis XV.

Des arguments d'un autre ordre, matériel et non plus moral, renforcent ceux qui précèdent.

(1) C'est le cas de la *Lettre 10*, résumée au commencement de la *Lettr 11*.
(2) Nous citerons comme exemple la *Lettre 16*.
(3) Voir les *Lettres 11, 12, 43, 47, 70* et *71*.
(4) Ces propositions se trouvent dans les *Lettres 29* et *117*.

La « seconde édition » est imprimée avec les mêmes caractères que la première et sur du papier analogue. Elle a donc été faite en Hollande. Or, dans l'hypothèse que nous discutons, on aurait eu moins d'un mois pour se décider à l'entreprendre et pour l'achever. C'est le 11 décembre 1727 que l'Académie française sut que le Cardinal s'opposait à l'élection de Montesquieu, et c'est le 5 janvier 1728 que Montesquieu fut élu avec l'assentiment du Cardinal. Entre temps était-il possible, au xviiie siècle, qu'un habitant de Paris fît imprimer un ouvrage en deux volumes à Amsterdam et se le fît apporter d'Amsterdam à Paris (1)?

De plus, l'édition se distingue par des détails typographiques qui témoignent d'un soin tout particulier. On y a, par exemple, introduit des guillemets pour empêcher de confondre le texte courant avec les citations plus ou moins fictives qu'il renferme. Se serait-on donné cette peine dans un travail exécuté d'urgence, que l'on compliquait ainsi sans nécessité ?

Tout résiste à l'hypothèse de M. Vian.

Elle n'explique pas, d'ailleurs, l'apparition en 1730, chez Jacques Desbordes, à Amsterdam, de deux reproductions fidèles de l'édition qui nous occupe. Bien qu'elles se donnent, l'une et l'autre, pour une « troisième édition », elles diffèrent beaucoup par le format et par la grosseur. La plus grande a pour fleurons un phénix, et la plus petite, un monogramme. Celle-ci a le mérite de rendre, page pour page et ligne pour ligne, le type dont elle est une copie. Les caractères en sont semblables, mais neufs, au lieu d'être usés. C'est un très joli livre, qui n'est pas sorti de l'officine suspecte de quelque contrefacteur (2). Or, lorsqu'il fut imprimé, Montesquieu était, depuis deux à trois ans, à l'Académie française. Il n'y avait certes plus à s'inquiéter de sa candidature. Pourquoi donc, en 1730, republier à deux reprises les *Lettres persanes* d'après le texte modifié d'une édition qui (dit-on) n'aurait été faite que pour le cardinal de Fleury ?

(1) Ces considérations ont été développées par M. Laboulaye, dans la préface qu'il a mise en tête des *Lettres persanes*, à la page 39 du tome I de son édition des *Œuvres complètes de Montesquieu*.

(2) Nous en parlons d'après un charmant exemplaire qui nous a été communiqué par M. Louis de Bordes de Fortage, président de la Société des Bibliophiles de Guyenne.

Notons, en passant, que des bibliographes, frappés des ressemblances matérielles que l'édition au monogramme de Jacques Desbordes présente avec l'édition princeps, se sont crus autorisés à admettre que la marque : « A Cologne, chez Pierre Marteau », peut se traduire par : « A Amsterdam, chez Jacques Desbordes ». La première édition des *Lettres persanes* serait alors due à l'imprimeur qui publia la première des *Considérations sur... la Grandeur des Romains*. C'est, en effet, des ateliers de Jacques Desbordes que sortit, en 1734, l'édition princeps du second chef-d'œuvre de Montesquieu.

Pour en revenir au problème que nous discutons, l'origine de la « seconde édition » des *Lettres persanes* reste une énigme pour nous. Il n'y a aucune raison pour ne pas croire qu'elle fut publiée en 1721, comme l'indique le frontispice. Mais pourquoi et par qui furent introduites les corrections, additions et suppressions qu'elle renferme ?

A part deux ou trois, ces changements ne révèlent aucune préoccupation de dogme et semblent trahir tout au plus un critique minutieux et austère dans une certaine mesure : ils réduisent la partie romanesque, qui sert de cadre à l'ouvrage, et renforcent la partie morale et politique.

Est-ce Montesquieu lui-même qui modifia son œuvre de la sorte ? Si c'est lui, il faut avouer que son goût varia singulièrement. Nous savons, en effet, qu'en 1754 il prit l'édition princeps pour fondement d'une révision générale, et nous ferons remarquer qu'il ajouta quatre ou cinq lettres nouvelles à la partie romanesque, loin d'en retrancher une seule.

D'un autre côté, si la « seconde édition » fut corrigée par un tiers, ce tiers dut être nanti de papiers inédits de notre auteur. Les lettres qu'il inséra étaient bien les sœurs de celles qu'il laissa ou supprima. Leur père les reconnut plus tard dans ses cahiers de *Corrections* définitives, où s'en trouvent deux sur trois. Seulement, on peut admettre qu'elles parurent en 1721 par suite d'une indiscrétion et sans le consentement de Montesquieu. Celui-ci annonce, il est vrai, dans sa correspondance qu'on lui « mande de Hollande que la seconde édition des L. P. va paraître avec quelques corrections » (1). Mais

(1) Lettre à M. de Caupos, 1721 (?). — *Œuvres complètes*, tome VII, page 215.

parlait-il de notre « seconde édition », et, s'il en parlait, connaissait-il tous les remaniements qu'on avait fait subir au texte primitif? L'imprimeur d'Amsterdam peut s'être permis des libertés grandes, non autorisées. C'est même ce que semble nous apprendre le projet de préface des *Lettres persanes* qu'on lit dans le tome III des *Pensées* manuscrites (1). Il y est dit en propres termes : « De toutes les éditions de ce livre, il n'y a que la première qui soit bonne : elle n'a point éprouvé la témérité des libraires. »

Les déclarations des préfaces, au xviiie siècle surtout, nous sont généralement suspectes. Celle qui précède nous confirme néanmoins dans la pensée qu'il faut attribuer à l'éditeur de Hollande la plupart des variantes de la « seconde édition ». Peut-être crut-il accroître le succès du livre en en retranchant, même sans l'aveu de l'auteur, alors peu connu, les passages qu'il jugeait insignifiants, ou qu'il savait de nature à scandaliser telle ou telle catégorie de lecteurs. Entre toutes ces corrections, il en est une qui mérite une attention spéciale. A propos du Pape, dans la vingt-deuxième lettre de l'édition princeps (2), Rica se raillait de la Trinité et de l'Eucharistie. La « seconde édition » conserve les plaisanteries sur l'Eucharistie, tandis qu'elle supprime l'allusion à la Trinité. Elle laisse donc ce qui doit choquer les Catholiques, mais fait disparaître ce qui offense les Calvinistes. Ces derniers ne devaient aussi goûter que médiocrement certaines phrases sur « la Vierge qui a mis au monde douze prophètes », et sur les erreurs de Moïse en matière de preuves juridiques. Les lettres où ces phrases se trouvent (3) sont exclues du tome I. Enfin, les détails physiologiques des histoires de Pharan et de Suphis pouvaient offusquer la pruderie huguenote (4). Ne serait-ce point pour cette raison qu'on les condamna ?

Dans cette hypothèse, la « seconde édition » et celles qui en reproduisent le texte auraient été imprimées en vue d'un public protestant, et surtout, sans doute, pour les Français réfugiés dans les Provinces-Unies à la suite des persécutions

(1) *Pensées*, tome III, folio 322 verso.
(2) C'est la *Lettre 24* de notre édition.
(3) Ce sont les *Lettres 1* et *71*.
(4) Voir les *Lettres 41, 42, 43, 70* et *71*.

religieuses de Louis XIV. L'addition d'une diatribe contre les
hommes de Cour n'était pas de nature à froisser les lecteurs
de cet ordre. On ne risquait point davantage de leur déplaire
en ne retranchant rien des saillies les plus violentes contre
l'Église de Rome.

La « seconde édition » n'est pas, d'ailleurs, la seule qui jus-
tifie les plaintes de Montesquieu touchant « la témérité des
libraires ». Il en existe une autre, de 1731, à laquelle on ne s'est
pas contenté d'adjoindre les *Lettres turques* de Saint-Foix.
C'est une étrange combinaison de l'édition princeps et de la
« seconde édition » des *Lettres persanes*. On y trouve, dans un
ordre un peu différent, les lettres de la « seconde édition »,
sans toutes les variantes, et, de plus, trois des lettres qui lui
manquent. Mais, comme les deux premières n'y sont pas cotées
et que deux autres ont le même numéro d'ordre (*31*), cette édition se termine aussi par une *Lettre 140*, qui en est en fait
une cent quarante-troisième (1). Du reste, tout indique, jusqu'aux négligences matérielles, qu'on n'a là qu'une simple et
mauvaise contrefaçon. Il n'y a donc pas lieu de s'y arrêter
plus longtemps.

Pour les quatre, cinq ou six éditions qui ont la marque :
« A Amsterdam, chez Pierre Brunel, sur le Dam, 1721 », on
sait que certains bibliographes les estiment d'autant plus anciennes qu'elles renferment plus de fautes. Nous donnerons,
au contraire, le premier rang à l'une d'entre elles qui est relativement fort correcte. Elle a pour fleurons, au tome I, un
cartouche enguirlandé, dans lequel on distingue un vase de
fleurs, et, au tome II, une sphère. Visiblement, elle a été faite
sur l'édition princeps, qu'elle rend, en caractères analogues,
bien qu'un peu réduits, presque ligne pour ligne. Sur 648 pages, il y en a plus de 600 qui commencent par la même syllabe.
Nous sommes persuadé qu'elle fut aussi imprimée en Hollande,
et qu'elle servit de type aux reproductions attribuées par les
connaisseurs à des typographes de Rouen ou de Paris.

C'est également en France que dut être faite l'édition de 1754,
qui présente un bien autre intérêt au point de vue littéraire,

---

(1) C'est à l'obligeance de M. Ernest Labadie que nous devons la connaissance
de cette édition bizarre, qui porte la mention : « A Cologne, chez Pierre Marteau », et qui a pour fleurons une sphère, au tome I, et, au tome II, une figure
allégorique de femme entourée de divers attributs.

grâce au *Supplément* dont elle est suivie (1). Dans cette annexe, on trouve, en effet, les trois lettres ajoutées à la fameuse « seconde édition », plus huit autres que Montesquieu crut devoir insérer dans son œuvre, en lui donnant sa forme définitive. Elle renferme aussi les *Quelques Réflexions sur les « Lettres persanes »*, qui sont une apologie du livre.

Nous avons rappelé déjà que certains bibliographes ont prétendu que le *Supplément* des « Lettres persanes » aurait paru dès 1744. Il est fort possible qu'on en rencontre quelque exemplaire relié à la suite d'une édition portant cette date. Mais nous allons démontrer qu'il n'a pu être imprimé que plus tard et même dix ans plus tard.

Dans le tome III des *Pensées* (manuscrites), on lit, entre autres défenses des *Lettres persanes*, une rédaction première des *Quelques Réflexions*, portant le titre de *Préface de l'Éditeur*. Or, il y est fait mention d'une œuvre de Mme de Grafigny qui ne parut qu'en 1747 (2). C'est donc en 1747, tout au plus, que les *Quelques Réflexions* auraient pu être écrites.

En outre, parmi les onze lettres du *Supplément* se trouve la soixante-dix-septième, sur ou plutôt contre le suicide. Mais (nous l'avons dit), lorsque fut transcrit le petit cahier des *Corrections*, qui est daté de 1754, cette lettre n'existait, pour ainsi dire, qu'en germe, sous forme d'un alinéa final à joindre à une autre lettre, qui la précède maintenant. L'original autographe, qui en subsiste, fut attaché après coup, par une épingle, au grand cahier des *Corrections*, où l'on avait copié d'abord et où l'on biffa ensuite soigneusement le projet d'alinéa complémentaire. La *Lettre 77* n'existait pas en 1753. Elle ne fut donc rédigée qu'en 1754, année de sa première, et non de sa seconde publication.

Ajoutons qu'en 1744 Montesquieu achevait l'*Esprit des Lois* et devait avoir en tête autre chose qu'une revision des *Lettres persanes*. Nous savons, au contraire, que, lorsque son grand livre eut paru, il soumit à un examen nouveau ses œuvres publiées ou inédites. En outre, au moment où l'*Esprit des Lois*

---

(1) Les caractères, les ornements, l'orthographe de cette édition, nous paraissent déceler une origine française. Ne serait-ce pas celle à laquelle Huart, libraire à Paris, songeait en 1752, ainsi que Montesquieu nous l'apprend dans une lettre du 4 octobre de cette année, adressée à l'abbé de Guasco ?

(2) *Pensées*, tome III, folio 321. — Voir la page 307 de notre édition.

fut en butte à des critiques plus ou moins violentes, le premier chef-d'œuvre de notre auteur le fut également. Un certain abbé Gautier publia, en 1751, un volume sur les « *Lettres persanes* » *convaincues d'Impiété*. Peut-être est-ce à ce factum de 103 pages grand in-12, que nous devons les apologies du tome III des *Pensées* manuscrites et les *Quelques Réflexions* du *Supplément* de 1754.

Que ces *Réflexions* soient de Montesquieu lui-même, et non de son éditeur, c'est incontestable. Les copies que l'on en conserve à La Brède ne sont pas, il est vrai, de sa main. Mais il y a fait des corrections autographes, qui confirment ce que le style suffirait à nous apprendre.

L'imprimeur qui fit l'édition que nous sommes en train d'étudier fut évidemment en rapports directs ou indirects avec l'auteur. C'est à lui qu'il dut communication des pièces du *Supplément*, ou, du moins, de la plupart d'entre elles. Nous ne croyons point, toutefois, que le Président ait pris part à la publication du corps même du livre, qui renferme les cent cinquante lettres connues depuis 1721. S'il en eût revu les épreuves, il y aurait introduit, à la place qui leur revenait, les variantes de ses cahiers de *Corrections*, rédigés alors, et surtout les quatre modifications indiquées aux pages 10, 13 et 15 du *Supplément*. Remarquons, en outre, que l'imprimeur n'a pas même rétabli dans le texte le membre de phrase que l'édition princeps omet au début de la *Lettre 86*, bien que cet oubli (réparé, par parenthèse, dans la « seconde édition ») rende inintelligible le premier alinéa.

Le grand travail de revision des *Lettres persanes* dont les archives de La Brède nous ont conservé les résultats authentiques fut utilisé seulement par Richer, avocat au Parlement de Paris, dans l'édition qu'on trouve au tome III des *Œuvres de Monsieur de Montesquieu*, parues en 1758, « chez Arkstée et Merkus ». Nous connaissons maintenant l'origine des variantes alors introduites à tant de pages du livre. C'est un des deux cahiers des *Corrections* ou plutôt une copie, plus ou moins fidèle, faite exprès pour l'éditeur, qui guida ce dernier dans son travail. A quelques exceptions près, il se conforma aux intentions de l'auteur, telles que le grand cahier les révèle. Donc les changements qui distinguent le texte de 1758 sont, en principe, parfaitement légitimes et doivent être adoptés sans scrupules.

Toutefois, lorsqu'on examine ce texte de très près, on s'aperçoit que, pour l'établir, c'est l'édition de 1754 avec *Supplément*, qui a été prise comme point de départ des corrections, et non l'édition princeps, sur laquelle Montesquieu avait procédé à la revision de son œuvre. De là, bien des menues divergences, qui constituent autant d'inexactitudes. Peut-être l'édition princeps était-elle alors déjà rare, presque introuvable, tellement que Richer s'en passa, à regret sans doute (1).

C'est encore à cette substitution que nous attribuerons un autre effet, plus curieux. Dans l'édition de 1758, après la *Lettre 144*, a été insérée celle d'Usbek à ***, sur les hommes d'esprit et sur les savants. Or cette lettre figure bien dans le *Supplément* de 1754, à la page 20, mais n'a été admise dans aucun des cahiers des *Corrections* ; ce qui nous indique qu'elle fut condamnée par l'auteur en fin de compte.

Moins explicable est le soin puéril qu'a pris l'éditeur de 1758, en remplaçant par la préposition *De* la préposition *A* dans toutes les dates de lettres où cette dernière avait été mise primitivement. Montesquieu n'a rien prescrit (que nous sachions) à cet égard. N'est-il pas, d'ailleurs, naturel que les formules épistolaires varient dans un recueil de lettres émanant de personnes dont l'origine, l'âge, la condition, sont les plus diverses ?

Il est un autre ordre de changements non autorisés sur lequel nous n'insisterons point : c'est celui qui intéresse l'orthographe ; par exemple, la manière d'écrire le mot *même*, restant invariable dans *nous-mêmes* et autres cas analogues.

V

On nous permettra d'insérer ici de courtes observations sur le travail critique auquel Montesquieu soumit son premier chef-d'œuvre pendant les derniers temps de sa vie.

(1) Grâce à l'obligeance de M. le baron de Montesquieu et de M. Ernest Labadie, nous avons eu entre les mains deux exemplaires de l'édition princeps. L'un d'eux n'a pas les cartons du premier volume. Nous avons pu constater ainsi que ses cartons n'avaient pour objet que des corrections typographiques.

Lorsqu'on feuillette les cahiers des *Corrections des « Lettres persanes »*, on se prend à admirer la conscience de l'auteur, conscience d'écrivain et d'artiste. Peu lui importe le succès, les trente et quelques éditions qu'a eues son livre. Il le reprend ligne par ligne et mot par mot, au point de vue du fond comme de la forme, de la grammaire et du style, comme de l'exactitude des faits ou des idées.

Dans une lettre qu'il écrivait le 4 octobre 1752, à l'abbé de Guasco (1), il parle de *juvenilia* qu'il se proposait de faire disparaître. Mais sa revision porta sur bien d'autres points que sur les passages que l'on pouvait taxer d'imprudence ou estimer d'un goût douteux. Peu nombreuses même sont les modifications qu'il fit afin d'éviter un de ces deux reproches. En revanche, elles nous paraissent toutes louables. Ce n'est pas nous qui les accuserions de trahir une timidité sénile.

S'il ne suffit point qu'une plaisanterie soit dirigée contre des prêtres, voire contre des Jésuites, pour qu'on doive la trouver bonne, on ne saurait être surpris que le Président ait retranché de la *Lettre 143* les joyeusetés pharmaceutiques par lesquelles elle se terminait. Il songea même à la supprimer complètement; ce qui eût été dommage. Mais, en l'allégeant d'une série de formules burlesques, il rendit à son ouvrage tout entier l'unité de ton, que ces grosses farces lui faisaient perdre.

Nous qualifierons aussi de sagesse, non de crainte, le sentiment qui lui inspira les atténuations introduites dans la métaphysique de la soixante-neuvième lettre et les objections présentées, dans la soixante-dix-septième, contre les théories morales de la soixante-seizième. Lorsque l'on disserte sur l'accord de la prescience de Dieu et de la liberté de l'Homme, il est plus prudent de rappeler les opinions des autres que d'en exposer de personnelles. Et, quant au suicide, c'est une des questions sur lesquelles Montesquieu dut varier dès qu'il se mit à envisager les choses moins au point de vue individuel qu'au point de vue social. Dans l'*Esprit des Lois*, il s'élève contre les doctrines religieuses qui donnent trop de « mépris pour la mort » (2), parce qu'elles font que les « hommes échap-

---

(1) *Œuvres complètes*, tome VII, page 405.
(2) *De l'Esprit des Lois*, XXIV, xiv.

peront au Législateur ». La même préoccupation lui dicta la
fin de la *Lettre 77*, qu'il ne rédigea qu'en 1754, ainsi qu'il
a été dit plus haut.

Une série d'autres corrections de *Lettres persanes* s'explique
par un désir de plus grande exactitude. Né dans le bassin de
la Garonne, l'auteur avait pour l'hyperbole un penchant naturel. Pendant ses longs séjours au nord de la Loire, il apprit
sans doute qu'il était des pays où l'on prenait les mots et les
nombres à la rigueur. En conséquence, il baissa certains de ses
chiffres, sauf à en relever d'autres, supprima des *tous* et des
jamais, et changea des *souvent* en *quelquefois* et des *la plupart*
en *quelques-uns*. Du reste, il n'en conserva pas moins jusqu'à
sa mort le goût des expressions fortes. Qui n'a pas été frappé
de l'usage, de l'abus peut-être, qu'il fait dans l'*Esprit des Lois*
de la formule : « Tout est perdu » ?

Mais c'est surtout en artiste que Montesquieu critiqua son
ouvrage. Il supprima les mots inutiles, remplaça les expressions lourdes et surannées, et modifia les termes impropres.
Toutefois, il ne crut point devoir renoncer à l'emploi original
qu'il avait fait de certains vocables nouveaux ou même de certains vocables anciens détournés de leur acception habi-
tuelle. Il revendiquait une grande liberté pour les écrivains
qui se servent de langues vivantes ; les dictionnaires des langues mortes étaient les seuls qu'il admît (1). Étrange opinion
de la part d'un membre de l'Académie française !

Constatons aussi qu'il persévéra dans les hardiesses de sa
syntaxe. Il ne cessa point d'opter entre le singulier et le pluriel,
d'éloigner les pronoms des substantifs qu'ils remplacent, et
d'omettre les compléments indirects ou directs des verbes,
avec une liberté qui étonne les grammairiens modernes. Ses
éditeurs mêmes ont été parfois induits en erreur par l'audace
de ses procédés et n'ont pas craint de changer ce qu'ils ne com-
prenaient point.

Il multiplia, au contraire, dans ses cahiers de *Corrections*
les amendements de style, en grand artiste qu'il était.

---

(1) *Pensées*, tome I, page 496 : « C'est une mauvaise maxime que de faire des
dictionnaires des langues vivantes : cela les borne trop. Tous les mots qui n'y
sont pas sont censés impropres, étrangers ou hors d'usage. C'est l'Académie même
qui a produit les *satires néo-logiques*, ou en a été la cause ».

Montesquieu est sûrement un des prosateurs qui méritent le plus qu'on étudie leur manière d'écrire.

Au premier abord, on est frappé de l'influence que sa profession semble avoir exercée sur lui. Qu'il résume ses pensées, ou qu'il les détaille, on devine le légiste, même le magistrat : une espèce du genre. Visiblement, il aime surtout à formuler des réflexions générales en phrases indépendantes, brèves et concises comme un article de code. Mais, lorsqu'il expose des séries d'idées connexes, il les développe volontiers en propositions successives, parallèles, précédées d'un mot ou d'une expression qu'il répète, si bien que l'on songe aux considérants ou au dispositif de quelque arrêt solennel (1). Relativement, d'ailleurs, les exemples de ce genre sont rares dans ses livres, parce qu'il ne s'attarde guère aux analyses minutieuses; c'est aux synthèses que son génie le pousse.

Si l'on envisage maintenant les termes dont il se sert pour donner à ce qu'il écrit du trait ou de la force, on est étonné particulièrement des ressources qu'il trouve dans les verbes marquant des actions physiques. Les mots les plus ordinaires, tels que *monter* et *descendre*, *attacher* ou *lier*, *charger* ou *soutenir*, *poster* ou *plonger*, *fatiguer* ou *suer*, lui suffisent pour présenter les choses avec une netteté, un relief exceptionnels. Ce sont eux qui donnent à son style ses qualités plastiques (nous ne disons point sa couleur), bien plus que certaines comparaisons, un peu laborieuses, où il se propose de mettre tout un paysage sous nos yeux.

Mais c'est sur l'oreille que sa prose produit des impressions qu'il est surtout instructif de décomposer.

L'emploi qu'il fait des mots courts est déjà des plus curieux. Dans les *Provinciales* de Pascal elles-mêmes, nous n'avons point relevé une suite de monosyllabes ou d'autres vocables qu'on prononce en une fois, aussi formidable que celle du septième alinéa de la vingt-quatrième *Lettre persane*. Il y en a plus de trente à la file, dans une phrase qui n'est cependant pas rocailleuse.

---

(1) Voir à cet égard, la fin de la quatre-vingtième *Lettre persane*, la page 61 du tome I et la page 206 du tome II des *Voyages*, le sixième alinéa du chapitre VIII des *Considérations sur les Causes de la Grandeur des Romains*, et l'avant-dernier alinéa du chapitre XIV du livre X de l'*Esprit des Lois*.

C'est qu'à sa manière Montesquieu était un vrai musicien.

Pour démontrer qu'il l'était, nous nous bornerons à rappeler la grande lettre d'Usbek à Roxane (1), notamment le passage qui débute en ces termes : « Quand vous relevez l'éclat de votre teint... »

Un texte inédit nous apprend du reste que le Président avait pleinement conscience de son talent. Au tome I de ses *Pensées* manuscrites, on lit, en effet, un paragraphe dont voici la teneur (2) :

« Bien des gens en France, surtout M. de La Motte, soutiennent qu'il n'y a pas d'harmonie. Je prouve qu'il y en a, comme Diogène prouvait à Zénon qu'il y avait du mouvement, en faisant un tour de chambre. »

Notons seulement à propos de cette déclaration si fière que ce que le Président dit de l'harmonie doit s'entendre du rythme.

Pour les sons eux-mêmes, il avait un goût que partageaient les Grecs d'autrefois, mais que la plupart des Français désapprouvent, celui des répétitions. Il se plaisait, par exemple, à mettre « un nombre innombrable », tout comme un Attique eût écrit jadis πόλεμον πολεμεῖν. Un emploi itératif du même mot ou des chutes de phrases successives sur une rime ou sur une assonance ne le gênaient aucunement. Ce n'est pas lui qui se fût livré au calcul que l'on prête à un romancier moderne : jamais il n'a dû se demander au bout de combien de lignes on peut faire usage d'une expression une seconde fois.

Néanmoins il semble que son oreille se soit affinée avec le temps (3). Quelque ami ou quelque critique lui fit-il des observations qui le touchèrent ? Ce qui n'est pas contestable, c'est qu'un grand nombre des changements indiqués dans les *Corrections des « Lettres persanes »* visent des répétitions. Du reste, si l'auteur fit disparaître celles qu'il jugea inutiles, il en laissa encore assez pour conserver à l'ouvrage une fermeté de style très particulière. Il amenda sa manière primitive d'écrire, sans enlever à son livre de début les rares qualités qui

---

(1) C'est la *Lettre 26*.
(2) *Pensées*, tome I, p. 374.
(3) Nous parlons de cette oreille intérieure dont la finesse est indépendante de l'épaisseur du tympan ou de la sensibilité du nerf auditif.

lui assignent une place si enviable dans notre littérature française.

VI

De ce qui précède, on peut induire aisément quel plan nous avons suivi et dû suivre dans notre édition des *Lettres persanes*. Nous n'avons eu qu'une seule ambition : celle d'exécuter les volontés de l'auteur. C'est, en conséquence, le texte de l'édition princeps que nous avons reproduit, en n'y faisant que les changements prescrits dans le grand cahier des *Corrections*.

Par suite, on peut deviner quelles différences existent entre le texte que nous publions, et celui qu'a donné Richer en 1758, dans les *Œuvres de Monsieur de Montesquieu*.

Travaillant sur l'édition de 1754, Richer n'a point écarté certaines variantes qui s'y trouvent, bien qu'elles n'aient été introduites que par la « témérité des libraires|», même dans les éditions supposées conformes à l'édition princeps. En grande majorité, ces leçons sont insignifiantes. Quelques-unes, cependant, constituent des contresens véritables. Ainsi, dans la *Lettre 98*, le mot de *fortune* a été visiblement employé par Montesquieu avec une intention ironique (2). Faute de s'en être aperçus, les imprimeurs ont bravement substitué à ce terme le terme opposé d'*infortune,* que nous nous sommes bien gardé d'admettre.

Nous n'avons pas davantage inséré dans le corps des *Lettres persanes,* sauf à la mettre dans un *Appendice*, la lettre d'Usbek sur les hommes d'esprit: On a vu plus haut qu'elle figure dans le *Supplément* de l'édition de 1754, et conséquemment dans l'édition de 1758 (2). Mais aucune des pièces manuscrites qui forment le *Dossier des « Lettres persanes »* n'en autorise l'insertion. L'édition princeps n'avait que cent cinquante lettres. C'est cent soixante, pas une de plus, que devait compter l'édition définitive d'après tous les documents conservés à La Brède.

Une autre série de divergences provient ou des distractions de Richer, ou bien des modifications plus ou moins heureuses qu'il s'est permises spontanément, ou encore de ce qu'il n'avait pas entre les mains un cahier des *Corrections* identique à celui dont nous avons pu nous servir.

(1) Voir la page 177, ligne 8, de notre édition.
(2) Elle y est insérée à la suite de la *Lettre 143.*

Nous n'en croyons pas moins être parvenu à publier le texte des *Lettres persanes* que Montesquieu avait arrêté en définitive, mais que la mort l'empêcha de faire imprimer lui-même. Les éditeurs qui voudront profiter de notre travail feront bien, toutefois, de consulter, pour quelques nuances très légères, les notes que nous avons rejetées à la fin du volume.

Si nous avons établi notre texte en appliquant les règles d'une critique rigoureuse, nous n'avons pas cru opportun de conserver l'orthographe et la ponctuation du XVIIIe siècle. D'ailleurs, il s'en faut que celles-ci soient constantes dans les éditions publiées de 1721 à 1758 (1). Chaque imprimeur ou libraire a suivi ses inspirations personnelles, sans que l'auteur semble en avoir eu le moindre souci. En ces matières, il poussait la négligence à un degré que l'étude de ses manuscrits permet seule d'imaginer. Aussi n'est-ce pas lui que nous rendrons responsable, par exemple, des étranges séries de deux points qu'on rencontre à telles pages de l'édition princeps.

Nous avons reproduit, cependant, certaines formes vieillies ou insolites qu'expliquent des préoccupations spéciales de syntaxe ou d'harmonie, et relevé dans nos notes les anciennes manières d'écrire qui présentent un intérêt quelconque pour l'histoire de la langue.

Le texte des *Lettres persanes* est suivi dans ce volume d'un *Appendice*, qui contient, outre la lettre d'Usbek sur les hommes d'esprit, tous les morceaux inédits que nous avons su découvrir dans les archives de La Brède, et que Montesquieu avait destinés d'abord à son premier livre. Nous appelons en particulier l'attention sur l'épître du Grand Eunuque à Janum. L'analyse qui y est faite des passions humaines, en un style admirable, paraîtra d'autant plus curieuse au lecteur qu'il saura que Montesquieu avait eu l'idée d'écrire, entre autres ouvrages, une *Histoire de la Jalousie*, dont il subsiste des fragments (2).

Après l'*Appendice*, on trouvera les *Notes et Variantes*, auxquelles nous avons fait déjà allusion plusieurs fois.

(1) Les bibliographes qui voudraient discerner les éditions françaises des hollandaises auraient à tenir grand compte des différences d'orthographe.

(2) *Pensées*, tome I, page 404 : « J'avais fait un ouvrage intitulé *Histoire de la Jalousie* ; je l'ai changé en un autre : *Réflexions sur la Jalousie*. — Voici les morceaux qui n'ont pu entrer dans le nouveau plan. » — Suit une vingtaine de fragments.

Il eût été bien oiseux de recueillir, à titre de variantes, toutes les fautes dont l'insouciance et l'outrecuidance des typographes ou des marchands de livres ont doté rien que les trente et quelques éditions des *Lettres persanes* imprimées du vivant de l'auteur. Les seules leçons qui nous semblent mériter qu'on en tienne compte sont celles des éditions auxquelles le Président eut une part directe ou indirecte, au moins probable. Aussi nous sommes-nous contenté d'en conférer systématiquement quatre : 1° l'édition princeps ; 2° la fameuse « seconde édition » ; 3° l'édition de 1754 suivie d'un *Supplément* ; et, enfin, l'édition de 1758, due à l'avocat Richer.

Quant à nos notes, elles sont purement explicatives et historiques. Nous n'avons pas entrepris de signaler les passages qu'on doit blâmer ou admirer au point de vue littéraire. Encore moins prétendons-nous mettre en garde contre les erreurs de doctrine, morales, politiques ou économiques, commises par Montesquieu.

Il nous a paru, au contraire, utile d'analyser avec soin, dans un *Index* nouveau des noms et des choses, les idées générales qui abondent dans les *Lettres persanes*. La concision de l'auteur fait qu'elles échappent trop souvent. Si quelqu'un s'étonnait que nous nous soyons donné cette peine pour une œuvre romanesque, nous lui citerions le jugement de Michelet : « Il faut être bien étourdi et bien léger soi-même pour trouver *ce* livre léger (1) ».

Une planche et quatre fac-similés sont insérés dans ce volume. La planche reproduit la seule image de Montesquieu qui ait une authenticité suffisante. Les quatre fac-similés, empruntés à l'édition princeps ou au grand cahier des *Corrections*, sont comme les pièces justificatives de notre étude sur l'histoire des *Lettres persanes*.

VII

Pour dédommager un peu les lecteurs de l'aridité de cet *Avant-Propos*, nous leur communiquerons, en terminant, trois paragraphes extraits des *Pensées* manuscrites de Montesquieu et relatifs, plus ou moins, aux *Lettres persanes*.

---

(1) *Histoire de France*, tome XV, page 434 (Paris, Chamerot, 1865).

Celles-ci ne sont pas nommées dans le fragment que nous citerons d'abord, bien qu'elles aient été le motif ou le prétexte des dénonciations qui y sont visées (1) :

« Je dis contre les écrivains de lettres anonymes (comme le père Tournemine, qui écrivit au cardinal de Fleury contre moi, lorsque l'on me nomma à l'Académie française) : « Les « Tartares sont obligés de mettre leurs noms sur leurs flèches, « afin qu'on sache de qui vient le coup. »

Cette idée a été reprise par l'auteur, dans l'*Esprit des Lois*, au chapitre XXIV du livre XII.

D'ordre purement littéraire sont les réflexions exprimées dans la note suivante (2) :

« Voiture a de la plaisanterie, et il n'a pas de gaîté. Montaigne a de la gaîté et point de plaisanterie. Rabelais et le *Roman comique* sont admirables pour la gaîté. Fontenelle n'a pas plus de gaîté que Voiture. Molière est admirable pour l'une et l'autre de ces deux qualités, et les *Lettres provinciales*, aussi. J'ose dire que les *Lettres persanes* sont riantes et ont de la gaîté, et qu'elles ont plu par là. »

Le troisième et dernier morceau se rapporte à l'histoire d'un genre, d'une forme littéraire (3) :

« Autrefois le style épistolaire était entre les mains des pédants, qui écrivaient en latin. Balzac prit le style épistolaire et la manière d'écrire de ces gens-là. Voiture en dégoûta, et, comme il avait l'esprit fin, il y mit de la finesse et une certaine affectation, qui se trouve toujours dans le passage de la pédanterie à l'air et au ton du monde. M. de Fontenelle, presque contemporain de ces gens-là, mêla la finesse de Voiture, un peu de son affectation, avec plus de conaissances et de lumières, et plus de philosophie. On ne connaissait point encore Mme de Sévigné. Mes *Lettres persanes* apprirent à faire des romans en lettres. »

Nous voudrions nous arrêter après cette citation du Maître ; mais il nous reste à accomplir un devoir, à remercier les personnes qui nous ont aidé dans notre travail par leurs encou-

(1) *Pensées*, tome I, page 400.
(2) *Pensées*, tome II, folio 238 verso.
(3) *Pensées*, tome II, folio 474.

ragements, leurs conseils, leurs prêts de manuscrits ou de livres.

Et d'abord, nous rappellerons de nouveau que M. Henri Doniol, de l'Institut, a eu l'idée de cette publication, et que la famille de Montesquieu nous en a fourni les éléments essentiels, tirés des archives de La Brède.

Nous exprimerons ensuite toute notre gratitude à M. Casimir Barbier de Meynard, membre de l'Académie des Inscriptions et Belles-Lettres, à M. Raymond Céleste, conservateur de la Bibliothèque de la Ville de Bordeaux, et à M. Paul Bonnefon, bibliothécaire à l'Arsenal, à Paris, pour les indications si diverses qu'ils nous ont fournies généreusement.

M. le baron de Montesquieu, M. Louis de Bordes de Fortage et M. Ernest Labadie nous permettront, ainsi que M. Reinhold Dezeimeris, notre vieil ami et confrère, de reconnaître publiquement l'obligeance avec laquelle ils nous ont confié leurs exemplaires les plus précieux des *Lettres persanes*, obligeance bien méritoire de la part de bibliophiles.

Enfin, nous serions coupable si nous passions sous silence le concours que nous avons obtenu à l'Imprimerie nationale. Les typographes de tout ordre sont comme les collaborateurs suprêmes d'un auteur ou d'un éditeur quelconque. Mais, pour venir les derniers, leurs avis n'en sont pas moins utiles, indispensables dans bien des cas.

H. BARCKHAUSEN,
Professeur à la Faculté de Droit de
l'Université de Bordeaux, Correspondant de l'Institut.

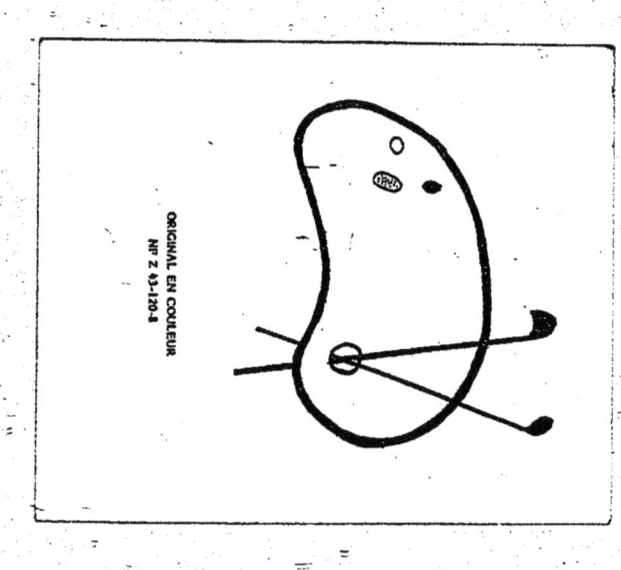

ORIGINAL EN COULEUR
N° Z 63-120-4

www.ingramcontent.com/pod-product-compliance
Lightning Source LLC
Chambersburg PA
CBHW060853180626
46818CB00004B/1692